REYNALDO DAMAZIO

MOVIMENTOS PORTÁTEIS

KOTTER
EDITORIAL

Coordenação editorial: Sálvio Nienkötter
Editor-executivo: Raul K. Souza
Editora-adjunta: Isadora M. Castro Custódio
Editores assistentes: Daniel Osiecki e Francieli Cunico
Capa: Regina Kashihara
Editoração: Carlos Garcia Fernandes
Produção: Cristiane Nienkötter
Preparação de originais e revisão: o Autor

Dados Internacionais de Catalogação na Publicação (CIP)
Angelica Ilacqua CRB-8/7057

Damazio, Reynaldo
Movimentos portáteis / Reynaldo Damazio. -- Curitiba : Kotter Editorial, 2020.
184 p.

ISBN 978-65-86526-38-7

1. Poesia brasileira I. Título

CDD B869.1

20-2852

Kotter Editorial Ltda.
Rua das Cerejeiras, 194
CEP: 82700-510 - Curitiba - PR
Tel. + 55(41) 3585-5161
www.kotter.com.br | contato@kotter.com.br

Feito o depósito legal
1ª Edição
2020

REYNALDO DAMAZIO

MOVIMENTOS PORTÁTEIS

Para meus filhos, “ilhas de amor”:
Nícolas, por sua ajuda imprescindível na
visão do conjunto destes poemas,
e Aléxis, pelo aprendizado dos silêncios

Índice dos primeiros versos

1 | garganta

2 | grito

3 | transse

4 | ritmo

5 | otredad

Ferida, linguagem, *take*, ação – uma fenomenologia lírica

Adolfo Montejo Navas

A exigência mais ambiciosa e peremptória da poesia, ainda em nosso tempo, talvez seja conseguir a força e a potência para configurar o desenho e a dicção de um embate, aquele disposto entre o *sentimento do mundo* e o sujeito lírico, em representação de uma condição humana cada vez mais em crise para qualquer palavra da tribo. E à procura de uma cosmologia espiritual que consiga funcionar, irradiar as suas coordenadas externas e internas, naquela dobra da qual falava Deleuze, necessária para uma mínima identidade porosa, em situação, como faz *Movimentos portáteis*, acionando, precisamente, uma fenomenologia lírica (simbólico é a epígrafe de Herberto Helder, um poeta órfico, até certo ponto estranho ao corpus da poesia mimetizada); ou seja, ativando um radar verbal perceptivo, imaginativo que consiga dar conta do labirinto em que se enfiou a realidade do século XXI e suas derivas históricas macro e micro (história, cotidianidade...), tão confundidas.

Ambas faces desta poética de Reynaldo Damazio sabem indagar na inevitável ferida da linguagem, no cruzamento cada vez mais tenso e dramático de todas aquelas circunstâncias, contextos, visões, sensações que fundamentam um *corpus*, que não arreda o pé de defender o habitat imagético como fundamento crítico – *Movimentos portáteis* é já uma obra epocal nesse sentido, com sua dramaturgia expositiva. Pois se trata, de fato, de uma poesia que relata um esfarelamento da experiência através de uma vinculação, paradoxalmente fragmentada, uma articulação de vínculos em tensão, como não poderia deixar de ser uma obra contemporânea, de olho aberto. A sensação de fluxo, rio de palavras, produz um moto-contínuo sinestésico imparável, quase hipnótico, uma oscilação entre o onírico e o real, em dúvida flutuante. O andamento do verso se debruça, assim como o abismo da cesura espera. E é significativo neste contexto a forma em que os poemas se abrem e se fecham em minúsculas e sem ponto, com o motor já arrancado e deixando ele ligado, sem fecho definitivo, como acontece muito com a poesia de Armando Freitas Filho, também inquietante em sua marca, registro de densidade.

A segunda parte deste movimento lírico, depois da *garganta*, é *grito*, e ao teor da epígrafe de Pasolini – sempre necessário como antídoto revulsivo e crítico em tempos quadrados – se respiraria, na lembrança da paisagem que vivemos, o outro grito angustiado de Munch, salvando a distância dos diferentes calendários. Nesta segunda seção os poemas se afunilam formalmente para uma percepção menos radial, mais focada no salto de trampolim de um motivo qualquer que se metamorfoseia em pleno ar, verso a verso. Poemas pontuais de um segundo ato de um livro concebido estruturalmente, que religa a necessidade de detectar, articular um fio terra consistente, mínimo, de resistência, para não cair na tentação do Apocalipse diário, esse não-lugar que vende tanto, até na própria banca de jornais como mais um artigo de consumo, colecionável.

Se a entrega deste poemário se vai afunilando ainda mais, em correspondência também com uma coloquialidade mais manifesta, já em primeiro plano de atuação, é porque há um foco diferente de ação poética, um outro tratamento perceptivo e uma maior consideração do branco, do vazio da página, do silêncio que aumenta seu diapasão. Mas se cabe lembrar aqui e agora uma obra anterior, se deve a uma razão: *um móbile de calder na mente* (2019) – a *plaquette* de um único poema de longo alento de duzenos e cinco versos – fundamentava uma condição pensante, móvel e abissal, que acasalava lá o máximo possível de questões, tendo sua direta herança nestes *Movimentos portáteis,* na forma e espaço dos blocos I e II, e em espírito e semântica no livro todo.

Até porque o espelho em trânsito, a lente deste novo livro de Reynaldo Damazio pode se servir da metáfora fílmica (como licença poética). Neste sentido, *Movimentos portáteis* pode simular o deslocamento de uma câmera cinematográfica, com seus diferentes planos, *takes* e aproximações ao que representa o objeto exterior e a sua convivência interna, as sempre diversas coordenadas da realidade e suas paisagens e interiorizações; pois parte da mesma forma visual que naquele livrinho com poemas em planos abertos, capazes de virar planos-sequência (I, *garganta*) pela sua atingida condição de grande fluxo sintático, roteirizando a inclusão de numerosas coisas – como sendo fragmentos de outro móbile.

Depois este novo livro vai se modulando para planos americanos, onde o eu lirico já reaparece recortado desde o fundo da trama para uma superfície mais evidente – aqui, surgem poemas com mais nomes particulares, aproximando-se à lei do afeto e a retratos emocionantes (como *posso ver o rosto de meu filho*); posteriormente, seguindo sempre o movimento acompassado e rítmico do livro, numa sorte de *travelling* interior, a câmara vai se fechando mais, capaz de mudar ao plano médio, com poemas de trânsito ou conexão dentro do livro, mais compactos, mas ainda entremundos (III, *transe*); por último, chega-se ao primeiro plano que representa a poesia minimal (IV, *ritmo*), que reflete a semântica interrogativa da escrita (a presença de epígrafes de Clarice Lispector e Gabriela Llansol são toda uma sinalítica), a exemplo de: *em veias se esvai / um rio profundíssimo / sem margens* ou então: *entre som / e sentido / silêncio.* Para fechar de vez, com a passagem ao plano detalhe, já próximo ao haicai também (V, *otredad*); inclusive, chegando-se neste último bloco a uma surpresa idiomática, não de cosmovisão, uma identidade em espanhol: a uma parte mais solar, com referências cruzadas, metabolizadas, com detalhes cervantinos, o João Cabral de Melo Neto *andaluzado*, Antonio Machado ou certo Octavio Paz oriental via José Juan Tablada, como reflete o último poema: *piel hecha de sal / los pies en la arena / morder el sol.*

A soma deste *Movimentos portáteis* – que também poderiam aludir às oscilações aéreas de Calder e à necessidade de equilíbrio de suas peças – constroem uma peça musical como jornada, na qual se convida a interpretar nosso lugar nesta partitura, e na qual estamos atrelados, como habitantes da perplexidade, com a conseguinte e imprescindível interrogação sobre nosso lugar, a condição humana contemporânea já aludida. O que obriga sempre para uma reflexão metapoética, tão misteriosa quanto transparente quando quer ser lúcida, do que representa o poema hoje em dia, quando começa assim: *estar próximo de um objeto / avaliar seu contorno e / a espessura dos significados que / só as palavras podem dimensionar.*

Entretanto, resulta interessante atender às manifestas geometrias líricas em jogo, *pausa ante pausa / linha fina cortando o ar / em fatias assimétricas*, colocadas para andar nelas, como calcadas em conexão no trajeto urbano do livro, para equacionar *rasuras no portfólio da mente*, dessimetrias, *quinas do tempo refeito*, acasos, *estrias na timeline ou / cicatrizes abertas no portal...* Há um longo inventário de correspondências em jogo, em causa, em negociação, para um canto de resistência que aqui só pode ser rodado, *porque a força / do que à imaginação parece asa / está na ação;* em suma, feito para reconhecer um itinerário acidentado, enunciado já no primeiro poema, naquela *extensão de suas correspondências / no atrito da convergência com as / coisas, dos seres metidos em / sua soberba e intransitividade / o que se assemelha à permanência / e que para nós é dessemelhante.*

[Julho de 2020]

– Uma flor e um grito,
um copo e um breve minuto, ou a aurora
cortando o peito, ou o primeiro respirar
de um pensamento.

Herberto Helder

MOVIMENTOS PORTÁTEIS 1 | Garganta

O poema é espaço e fere.
Alejandra Pizarnik

enquanto a chuva dita o ritmo
das conversas, da caminhada,
algo de inconsequente se consolida,
poema de Ruy Belo refeito por
Zulmira Ribeiro Tavares ou a citação
de Manuel António Pina,
que nos olha pelos olhos do outro,
vale lembrar que o sentido de uma
palavra não está na própria palavra,
mas em sua transparência, na
extensão de suas correspondências,
no atrito da convergência com as
coisas, dos seres todos metidos em
sua soberba e intransitividade:
o que se assemelha à permanência
e que para nós é dessemelhante

um manancial de silêncios
como um manto sutil de infinita
tecelagem, esculpido por letras,
exercício do que calamos, ou
simulamos, a porta se abre à
espera de ninguém, uma casa
ocupada por livros sem leitores,
talvez o pó pelos cantos faça
perguntas à solidão, mas as
respostas ficam suspensas num
retrato incolor, anticartesiano,
que pende no vazio do som,
você procura a saída no escuro,
busca sem sucesso, só o silêncio
se move

o que conforma esta paisagem
exuberante, para que os olhos
a possam desviar, de sua muda
materialidade, ao encantamento?
só as frases e a morosa sintaxe
não se apropriam da imagem depois
que se desprega do vale, do rio,
das árvores, dos morros, e segue
por trilhas redesenhadas na
memória, um leve rabisco e tudo
se esquece, se desmembra, e
dos fragmentos remendados ao
acaso imagina-se o cenário,
abstrato e narcisista, a cachoeira
guardada diligentemente na
gaveta

os mortos me perseguem, à luz do dia,
não como espectros, aparições iludidas
por sua aparência física abandonada, mas
como uma cantiga, versos entoados que
falam do medo de persistir, da presença
brutal, aqui entre os vivos, solitários,
inimigos, temor de sucumbir ao mergulho
agonizante e sem volta na consciência

o coração hoje, querida,
está para metal pesado
os carros em desalinho
nesta manhã sem sol e
sem nexo aparente com
a boca ressecada, café no
mármore esfriando a raiva,
o grito, o tiro disfarçado
na sola do pé e o golpe
no estômago, nas ideias,
o mais importante livro
por ler jogado num canto,
não é charme, ou falsete,
a janela se fecha para o
poema, para o infinito, este
conceito tolo e pueril, que
nos faz acreditar maiores
do que realmente somos,
quase nada, espuma, uma
partícula intransitiva, seios
da sereia, doença da escrita,
a aflição lateja na jugular e
a potência do olhar, frágil,
entre dedos tão pequenos
como a chuva, resiste

aprendemos a ser ridículos,
fingir que sabemos o que não,
dizer pelos cotovelos o nada,
ferir e aprisionar com o desejo

aprendemos a cuspir no prato
que não sacia e esquecer o sentido
de um pedido ou da despedida

é pouco o que fica guardado,
o que quase não se consegue dizer,
antes que o ridículo nos fira

não há leveza,
a cadela arrasta a pata traseira
sobre a cara morta do presente
e os movimentos amputados da
criança performam a coreografia de
vozes apagadas em noite perversa

aprender com a insônia a tolerar
as tormentas, as porradas no baço,
nenhuma leveza abolirá o carrasco
não anulará o fiasco
nem resgatará a história

todos se deixam enganar
e só um bêbado vomita
o poema, somente as letras
escarradas no porão

a casa não está ocupada, não
foi invadida por bárbaros, os
ratos reconhecem a ruína e o
peso da podridão nos alicerces

a corrosão, a corrosão

não há leveza
nunca houve nem haverá
nenhuma leveza
nenhum gesto leve ou terno
nem o bater sutil da pálpebra
para as lágrimas
o tremor dos lábios
antes do beijo
o triturar de ossos no
matadouro

esquece a porra da leveza
vós que entrais

poema é um bicho que devora a vida
e se transforma toda vez que você
tenta guardar num canto só seu, numa
caixa de memórias perecíveis, ou num
dispositivo de efeitos para bem do espírito,
poema não serve de guia nem guru, suas
estrias queimam como gelo e nos
lembram que nada pode traduzir o que
as imagens corroem e corrompem, as falas
inaudíveis na algazarra de feiras e
festivais, o poema nunca está onde o
querem, onde explicam, onde o capturam,
porque sua teimosia é seu pulmão e
ele resiste para que seu osso fure mas
não trinque, seu grito enlouqueça, seu olho
não se canse de ver pelo avesso o que
se sabe como falta ou excesso

o que entender depois
que a fala cessa e os
ruídos pairam entre a
brisa fina da manhã e
os lábios entrecortados,
como balões coloridos
sumindo no céu azul?

frases desenham tatoos
imaginadas que se apagam
quando você fala sim ou
simplesmente anda por aí
de bobeira, então prédios
implodem por descuido e
marquises viram moradias
de papel para que o cansaço
não nos vença e lembremos
daquela estrelinha do mar
bem perto

diante das águas mansas desse mar
o coração selvagem se aquieta e a
sombra do que na mente é revolta
ganha cores e rituais de uma dança
estranha, agônica, feita de ondas e
algas, já distante de tempestades ou
travessias, corpo enraizado na areia
escura, sem rastros humanos nem
da besta fera, ainda que a imagem
de um tigre desenhado pela brisa,
das ostras emulando estrelas caídas,
do ócio entre pescarias fracassadas,
porto transformado em labirinto de
memória e solidão, sejam a trama
insólita de uma tarde de outono no
calçadão deserto e coberto pelo sal,
que nos rouba o som e a fúria das
palavras, além do alcance do desejo

esse rosto que você tateia e tenta rasgar pelo avesso
que você pega emprestado e esquece na próxima curva
entre meneios e esgares, que desdenha e insinua
máscara das fases da lua, raízes do gozo e da agonia
rabiscadas sutilmente em rugas assimétricas
testemunho viciado para cativar ou seduzir
como máquina de sombras, um rosto no meio da multidão
descartável ou substituível, símile de semblantes
serpentes enredadas no cenho, rosto que fala pelo reflexo
que grita por frestas e você diz que é mistério
como se o disfarce não fosse a verdade do rosto
como se bem lá no meio das incongruências do que o rosto
expressa não coubesse algo das feições que você renega
e sequestra

bem de perto as
marcas na pele
são mapas de
viagens perdidas
ensaio sem o
canto de sereias
rascunhos para
nervos e sangue
da batalha final
do grito primevo
um corte aberto
na epopeia de
pelos até a fuga
noutro enredo

alguma harmonia em dias de estrépito
não seria de todo contraditória
desde que os supostos opostos
se atraiam num modo qualquer
de vínculo, algum equilíbrio instável
dos corpos que se friccionam
canção interrompida na pausa brusca
do estio, quando todos os atos são
apenas intermezzo e essa paralisia
nada além da aparente euforia de um
atento não movimento

suponha que existe um caminho a seguir
e que esse caminho leve de fato a um destino
que seja possível planejar a viagem, rotas
calcular o tempo, medir a distância, sonhar
com atalhos por onde se perca o rumo e
o atraso seja aproveitado num poema lírico
que pessoas no percurso digam o que fazem
para burlar a vida, ou trapacear a morte
ouça o canto de um pássaro desconhecido
enfie os pés na lama como se lesse um conto
sem esperar que a mensagem seja respondida
que o trabalho se conclua, que a noite venha
com o cansaço das horas, escrita, desperdício
fazendo do chão pisado um pergaminho de
rastros e suponha que seja possível a biografia
sem protagonista, sem cronologia, sem trama
um relato que se apague a cada novo passo
uma intriga feita de pó e pedras sem valor
nenhum mapa, ou bússola, ou amuleto
para indicar a melhor decisão, a escolha certa
não há mais pregos para atar à cruz
só a força dos músculos contra o vento insiste
suponha que ainda exista um caminho

meu pai morreu com 53 anos
infarto fulminante, disse o médico
até os 54 pensei que também
morreria aos 53
sonhei muito com infartos
durante anos e
agora que ultrapassei
a barreira simbólica
posso ver com nitidez, sem alarde
o tamanho do meu fracasso
como pai e marido
como profissional
como filho e irmão
como autor
até como amigo
acúmulo de fracassos que
nenhum coração parado
de repente conserta
colecionados dia a dia
como gordura que entope veias
e gangrena pensamentos
fracassos mínimos como caspas
num casaco sem uso
como pedras no rim estragado
não são os fracassos de grana só
tão óbvios e banais
mas o fracasso mais íntimo
intransferível

de não estar onde esperado
não chegar no momento certo
com a solução pretendida
de não corresponder
porque fiz sempre a pergunta
mais esquisita
escolhi a via torta
juntei só tranqueiras
talvez houvesse motivo
quem vai saber?
acho que entendi meu pai

MOVIMENTOS PORTÁTEIS 2 | *Grito*

Ah, gritar é pouco, e é pouco calar
Pier Paolo Pasolini

recolhe no prato
os últimos farelos de pão
fio de café resiste quente
no fundo da xícara lascada
bagaços da laranja na pia
ensaiam um sorriso
renascentista
como se a manhã ensolarada
simulasse molduras
mas não há vestígios
de graça
nem tíquetes de acesso a
paraísos artificiais
só o movimento estético
destes dedos
ao redor do prato

posso ver o rosto de meu filho
em vinte, trinta anos
as marcas do que guardou
e do que perdeu
o sorriso de raspão no metrô
posso desenhar a casa
imaginária na montanha
suas janelas sem cortina
colher frutas que não plantei
em campos onde nunca estive
e recitar o poema que fale de
noites e pedras
para a revolução malograda
posso até caminhar cem vezes
por um abraço e me perder
na solidão da calçada
distraído por uma voz
do futuro
mesmo que me faltem olhos
ou alento

você quase me transforma num
anjo às vezes
tímido, distraído e meio sem jeito
para milagres
mas solidário ouvindo as histórias
tristes de revolta
contra a canalhice dos homens
o absurdo doce
de um dia roubado aos demais
tempo que nos desnuda
entre nacos de câimbras e carícias
a voragem do beijo
esquecido em brochuras e boletos
por vencer
antes da lua minguante
você sabe que
anjos perambulam solitários e só
repetem as falas
de um roteiro gasto, inconcluso
somos pobres
de espírito e de pensamento
porque a força
do que à imaginação parece asa
está na ação

Maria e Miguel
moram num bueiro
há 22 anos
com eles vive também
o cãozinho Backie em
seis metros quadrados
de um lar improvisado
Miguel e Maria têm
cama televisão e uma
cozinha improvisada
perto dali
do bueiro abandonado
onde Maria e Miguel
improvisaram um lar
eles cultivam sua horta
coletam água da chuva
em dezembro improvisam
uma árvore de natal
ninguém os visita
ou incomoda
nenhum vizinho os espia
o carteiro nunca passou
nem o crente trazendo
a palavra de um deus
nesses 22 anos de vida
improvisada no bueiro
Miguel e Maria
construíram seu afeto
possível

propor um cometa
no lugar da dissertação
de doutorado
ou o método de desviar
assuntos e a trajetória
de corpos humanos
despidos de vocábulos
e intenções
como simulacros
de partículas celestes
anotar a gratuidade
da cauda do cometa
a perfeição inútil
de sua órbita
o despropósito
de seu destino
um cometa flagrado
em desmazelo
sem nota de rodapé
ou referências
bibliográficas

trocaria os cadernos de notas
com rascunhos de poemas
quilômetros de caminhada
vidas que furto nas ruas
falas dissimuladas em papeis
que esqueço sem remorso
adiaria a insurreição
a leitura definitiva dos clássicos
essa busca do Graal
a visão do éden num boteco
apagaria os melhores posts
as piadas certeiras, lacradoras
deixaria os bens que não tenho
só pra tocar teus lábios sutilmente
assim fugaz, como a despedida
num ponto de ônibus qualquer

a poeta comenta
pouco antes do sarau
que as crises de ansiedade
agora são mais frequentes
os poemas atravessam
a soleira da manhã
como icebergs
voz e imagem se emaranham
na segunda um novo martírio
nos espera
sem pulsação nem métrica
ninguém mede compassos
até o precipício
apenas o silêncio nos irmana
no calor dos versos
que a poeta recita
suave e serenamente
pausa ante pausa
linha fina cortando o ar
em fatias assimétricas
até nos tirar do torpor
com seu turbilhão de
delicadeza

oitenta vezes
ler o mesmo
poema
e jogar na loteria
adiar
oitenta vezes
a partida
na beira da
escada rolante
do abismo
da página
trocando passos
pelas mãos
numa dança
esquisita
de acasalamento
quebrar em
oitenta pedaços
o coração de
pedra
que pulsa ainda
contra o tempo
a fratura
o maremoto
sim, contra o
pensamento
oitenta vezes
por minuto

é possível que o sangue
da mãe fuzilada pela polícia
com o filho em seus braços
sirva para escrever o poema
mas é possível que não
que a memória seque
que a indiferença cegue
que o horror se coagule
e o poema como um menino
também fuzilado por policiais
levando na mochila chuteiras
e sonhos
não seja nada
não seja nada
nada
não seja

rasurar o próprio nome e
desfazer os passos dessa jornada
sem herói
ficam os projetos rasgados
os livros emprestados
as fotos corroídas por fungos
e calado o que cola na dor
só o vazio pode ser contemplado
se você estiver realmente a fim
qualquer ideia de futuro
valia quando a gente brincava
de adivinhação
agora resta a vontade boba
de se desmanchar e se espalhar
com as folhas no chão da praça
arrastando o pergaminho
até que você, por acaso,
encontre

dizem que baratas
herdarão o planeta
faz sentido, afinal
baratas não precisam
da antibióticos
de fitness
pós-graduação
não pagam plano de saúde
não veem televisão
não leem autoajuda
não têm religião
não usam protetor solar
baratas não sofrem de amor
nem exterminam suas iguais
por motivo fútil
não mentem
nem traem
baratas macho não
maltratam as fêmeas
não espancam filhotes
até a morte
baratas não exploram baratas
não acumulam riqueza
não inventam marketing
para enganar outras baratas
não fundam bancos
nem votam em fascistas

não sei o que ler
nem esperar
se encaro o travo
do que me ausenta
a desordem do instinto
a lifetime
rasuras no portfólio
da mente
oficinas descriativas
estrias na timeline ou
cicatrizes abertas no portal
dos museus imaginários
onde haicais desarmam
a teimosia do poeta à clef
senhor de si
quando desanda o papo
e o poema dá vexame
você pode varrer sua alma
e esperar que outros pés
toquem suaves
o seu coração andarilho
ou talvez sair pela rua
suja de pânico
sem fé
nem fissura

estar próximo de um objeto
avaliar seu contorno e
a espessura dos significados que
só as palavras podem dimensionar
assim o objeto desliza
epiderme adentro
ocupando poros pálpebras púbis
em processo alucinado
de sereno reconhecimento
desleituras
não que a compreensão se
objetifique
ou que o concreto pelo concreto
se humanize
as mãos querem saber e roçar os
objetos
como lábios
                    orquídeas
                                        glândulas
o giro do astrolábio

não pretendia falar da morte
mesmo que o tema estivesse
na mesa de trabalho enfiado
nas brechas do teclado entre
apontamentos e mensagens
lembrança borrada de outros
encontros dissimetrias acasos
imagens do noticiário infame
era só um poema sobre como
o tempo muda a percepção do
que se dissolve e se recria no
corpo especialmente o corpo
não como um depósito mas
processo e no entanto a cada
verso a morte se mete e cava
sua cadência seus espaços
como se ocupasse intervalos
entre o passado e o presente
dos vocábulos das sinapses em
todo poema antes do seu final
ou mesmo antes de seu início
a morte ditando os compassos
cortes metáforas feito musa

quem nunca perdeu
o passo, um pensamento
quem não cuspiu no pé
desviou do espelho
saiu antes do papo acabar
quem não tomou porre seco
não esperou sem saber
soube sem esperar
cavou o próprio buraco
evitou a própria sombra
ouviu a morte
tropeçou nas próprias mãos
quem não olhou sem ver
viu sem olhar
esqueceu o nome
errou a senha
fugiu de casa
quem nunca engasgou
o próprio grito?

MOVIMENTOS PORTÁTEIS 3 | *Transe*

O melhor está nas entrelinhas.
Clarice Lispector

ver com seus olhos
esquinas, arquipélagos
quinas do tempo refeito
na cidade que imaginamos
a partir de retinas solidárias
ilha de edição dos sentidos
todo percurso é como
a primeira vez, um desvio
outra paisagem

com quantos
pontos
se
des
faz
o liame
entre uma
ponta
e outra
do nosso
transe
se não
importa
o pouco
se frio
ou febre
tanto
espaço

nos
limites
do que
falta
de um

no outro
?

a melodia não finda
se o coração dita ainda
em sua cadência vadia
a malícia de cada dia .

nu na manhã ordinária
e mais um livro de Cortázar
noutro quarto de hotel
viagens, vertigens
as sombras da palavra
na condição de poema
como se a pudesse transportar e
oferecer numa oficina de escrita
dádiva ou danação, não sei
só que anterior às palavras
oculto em seu torvelinho
teso, atento, pronto pro bote
fera ardilosa e indócil
o ardor

as escadas apontam
a direção de seus pés
e você flutua no piso
de madeira sem par
eco de um balé suave
até que o hálito fique
nos móveis contorcido
pela mão que afaga e
o verbo que finge

uma parte de você
me persegue como
cisco no olho
final de campeonato a
coreografia da torcida
no calor da arquibancada
música imantada na cabeça
tarde ensolarada de junho
um mimo essa taça de vinho
o traço além do grafite
ponto antes do infinito
a parte maior que a soma
de todas as partes
um gole de cachaça
o disparate como um livro
aberto no melhor trecho
o que fica em mim sem dizer
em você transborda

não querer nada além
do punhado de livros
e a legião de amigos
o que os pés alcancem
e que nos braços caiba
que o fôlego baste
e a visão aguente
mais que um por do sol
o teu sorriso e o verso
breve

quando passeia dali a
poucos metros adiante
e as vozes em ciranda
que faíscam e ciscam
novas errâncias como
crianças que saltam da
corda bamba e buscam
abrigo nas sobras do
tempo um pouco ou
quase nada do que me
escapa se enlaça e faz a
trama desta com a sua
festa

isso que se costuma chamar de realidade
talvez comece onde nos desencontramos
num acidente geográfico, numa pausa, no
alfabeto de uma língua antiga, na criação
da metáfora, quando o corte na linha do
verso projeta outro universo, tão peculiar
ínfimo, infame, praticamente intocável se
encarado de perto, mesmo com apoio de
um algoritmo ou da astúcia

ver a pedra
além do sono
o poema
além do punho
a fome
além da forma
odisseia
além do mar
ver o vazio
além da frase
e na voz ouvir
revolta

o corpo
quer o toque
leve que a
palavra não
sustenta
um arrepio
além da
metáfora
anotação
riscada no
calendário
o batom
rodopia no
toca discos
tradução do
poema pela
metade
distâncias
temporal
blues no café
da manhã
e a memória
insone
do corpo
que sorri

um dia
a gente ia ser o che
fazer a revolução e
morrer de ternura
depois
com o peso dos dias
quem sabe whitman
ou poeta concreto no
vasto mundo abstrato
vida e morte severina
no fim
sem rima nem metro
talvez um fingidor
a gente passe em
brancas nuvens
entorpecendo manhãs

você segue solta no planeta
no meio da festa improvisada
não fosse o tremor e o temor
no subsolo imperceptíveis na
escala Richter do desamparo
poderia me atrair pro seu lado
da calçada pro seu estilo de
seduzir seu jeito de me levar à
delicia de perder-se entre luas
e logradouros sem código postal
sem placas ou pontos de táxi
um ramo de alecrim atirado
sobre o muro da impaciência
poderia seguir você enquanto
os ônibus passam vazios e as
calçadas mimetizam um rio de
Heráclito em falso e trapézios
a rua só para nós dois o palco
por um triz a tábua de perdição

Gabriela Llansol escreve no diário
que nascer da escrita desfaz
toda dor, que num lugar vagabundo
da casa se descobre o sentido,
ocorre que o exílio forçado na
biblioteca nos protege do vírus
silencioso, irmana na solidão, une
no distanciamento, a fortaleza
íntima transformada em asilo
provisório, refúgio da precariedade,
ensaio de ruína, para que o tempo
passe despercebido e o ideal da
nova realidade faça um ninho no
desespero, e cada leitura seja um
caminhar, perder-se, urdir abraços
desconhecidos e abismos, pães e
páginas, dizeres recolhidos na
desarmonia de afetos, interesses,
restam o intervalo dos fonemas,
a conversa das sombras, enfim

mais fácil juntar
partes do poema
que esses cacos
do copo no chão

carece de uma folha em branco
no meio da greve geral
como um falso prognóstico
a torpe sensação de que tudo desaba
porque você não está por perto
a voz se perde antes da vírgula
e o universo não conspira, esquece
ninguém espera por relatórios
pelo cartaz pop estilhaçado na parede
aquele texto sem pontuação
perdido no redemoinho de e-mails
tão virtuais quanto quentes
como o hiato no começo da noite
lembrança de aroeira
a cicatriz rosa
no trânsito imóvel

caminhar
como quem tropeça
em asteroides
como quem rouba
estrelas distraídas
e dribla a chuva
num lance de sorte
como quem confunde
horizontes
e esquece que toda
mensagem de amor
é vexame
como quem perdeu
um tesouro
e se sentiu leve
como se o tempo
fosse um personagem
de Borges
e as ruas
uma biblioteca

você diz o que realmente importa
do jeito mais bonito
e deixa uma lágrima prestes a desabar
equilibrando-se nos ponteiros do
velho relógio adiantado
quando reinventa o real e nos coloca ali
parece um jogo de armar
ia dizendo jogo de amar
porque as peças se encaixam
sem que haja um desenho pré-definido
tudo se encaixa de repente
como o dedo indicador no seu umbigo
o substantivo perdido na fila do café
pé de meia sem par
e você não perdoaria as imagens triviais
a prosódia incerta
as rimas falsas
mas sorriria assim mesmo
e as páginas do paraíso
se abririam para mim
sem pauta
sem pressa
nem tradução

arrastar a cabeça
não é tarefa do ombro
tampouco cabe à cabeça
segurar explosão de pensamentos
a algazarra de vozes
o zumbido insistente da miséria

quantas cabeças são necessárias
para vencer o muro?

não é tarefa do pensamento
aprisionar os corpos
também não precisa de muros
para chamar dentro

a cabeça solta e
cheia de pensamentos
não se arrasta no muro
nem se prende
no centro do ombro

maravilha esse olhar
que mira e vê melhor

maravilharia o mundo
maresia que rima e ri

marabrisa que abrasa
o marasmo dos dias

marulho que embala
a maratona de bocas

e amansa o tormento
de braços que vagam

desembaralhados

MOVIMENTOS PORTÁTEIS 4 | *Ritmo*

A escrita é um armazém de sinais.
Maria Gabriela Llansol

no lapso de
contratempo
o traço
do lápis
na superfície
branca
quase um
movimento

um mito
e seu fim
transpor
um corpo
que sonha
e cessa
ao infinito

o que a voz
engole
na antessala
do insano
não vale o
engano
essa faca
da fala
que nos
reparte
em gomos

em cada
gesto falso
ou gesta
feito um
manifesto
a palavra
se apresta

mais que
o nome
além do
número
a fome

torvelinho
que nos arrasta
e excede todo
desalinho
abrindo
num ato falho
o descaminho

flagrada
entre
a fúria
e o fausto
a razão
rodopia
nua

antes da rima
o ritmo
antes do ritmo
o rito

porque
não se basta
a palavra vida
vira
        vadia
                vaia
                    ira

em veias se esvai
um rio profundíssimo
sem margens

entre som
e sentido
  silêncio

MOVIMIENTOS PORTÁTILES 5 | *Otredad*

Una bella locura en la vida de la palabra.
Vicente Huidobro

ganas
de escribir
un libro sin
mensaje
para nadie
sin angustia por
la escritura
un libro de amor
por palabras
que hable de
amar palpable
y posible

mis venas
tontean
como ventanas
hasta su nombre
su mirada
su hambre

tu boca ha sido
mi regalo
camino de media luna
temblar de mañanas
terraza de hablas
interminables
decías amo
y las hadas del deseo
sonreían

pocas son
las cosas
para mis manos
por donde estás
así la lluvia
que hace poco
en la taza
me regalaste

puertas
perros
claves de sol
tu mirada
mi poema

tu voz me llena
de brisa y da unas
nubes a los versos
me pone a hablar
el pajarístico

estos límites
son trozos de
tus espaldas
ruta de serpientes
que mis dedos
calientam
mientras sueñan
avispas

sus ojos son
como el viento
que cambia
paisajes

cielo de luciérnegas
estrellas vuelan por
tu cuerpo
pienso en nosotros
y soy piedra
canción
soledad

hoy
me voy
mañana
vuelo

no hay dios
ni broma
sino dos
tu y yo
entre comas

dos Sanchos
en la calle
miran al Quijote
entre botellas
como si fuera
la noche
además un
molino

la tarea de
romper cabezas
como el dibujo
de dragones
o golondrinas
es peligrosa
para el cuerpo
viejo de poetas
en la ciudad
que olvidan
la pasión
su bailadora
andaluza

no se hace
el camino pero
sólo se deja
unos pasos
adelante
mientras el
horizonte
se despliega

piel hecha de sal
los pies en la arena
morder el sol

pólen soft 80 gr/m2
tipologia linux libertine
impresso no outono de 2020